Cuentos de aquí, de allá y del más allá

Ingrid De Armas Serra

Marialcira Vidal Vecchini

Rebeca Vidal Vecchini

ISBN: 9798731438506

Sello: independently published

Créditos

Revisión de textos:
Julia Roldán
Alejandro Schoffer

**Diseño gráfico
e ilustración:**
Claudia Ruiz Roldán

Índice

Introducción

Todas las vidas tienen algo interesante e inesperado. Todas las personas tenemos cualidades en común y otras que nos diferencian. Entre las particularidades que compartimos nosotras, por ejemplo, está la curiosidad, la afición por la lectura y los viajes, y si algo nos hace iguales, es que nos apasiona hacer cosas que nos hagan sentir diferentes.

Los relatos que compartimos en este pequeño compendio son el resultado de otro pasatiempo que nos es común. Nos gusta imaginar y escribir historias, con un toque de crudeza. Durante los meses de confinamiento por efecto de la pandemia del año 2020, dedicamos algún tiempo a plasmar algunas de esas historias, y decidimos unirnos en una suerte de aquelarre para producir este breve libro brebaje, con ingredientes insospechados, con salpicaduras de realidad y tropezones de ficción. Lo

Historias fugaces que hablan de vidas comunes, que fusionan la realidad con la ficción

ofrecemos a los lectores como una secuencia de dosis de compañías breves, que no anticipamos ni dulces ni amargas, pero sí diferentes, para estos tiempos en los que la atención es un bien escaso y fugaz.

Historias fugaces que hablan de vidas comunes, que fusionan la realidad con la ficción, que a veces creemos que nunca nos podrían suceder, pero quizá sí, porque todas las vidas tienen algo interesante e inesperado que puede ocurrir aquí, allá o en el más allá.

¡Disfruten, y salud!

Ingrid
Marialcira
Rebeca

Manolo presidente

Ingrid De Armas Serra

Y allí está Manolo en el mismo lugar, frente a la T.V., convocando a un gran diálogo nacional para redefinir el rumbo del país.

Mi hermano Manolo siempre se ha creído presidente.

Desde niño juntaba a todos los soldaditos de plomo en su cuarto y colocaba al general al frente y con su voz simulaba ser el general y les hablaba de la seguridad, de los helados que se comía, el daño que le hacían y las normas establecidas por mi mamá, que terminaban siendo la de la ciudad de los soldados.

Cómo sufría Manolo con el mundo, se lo tomaba tan a pecho que muchas veces lo encontré llorando en su cuarto

Con el pasar de los años fue agregando muñecos a su convocatoria de los discursos y a los años nos agregó a nosotros, su familia.

Nos sentaba en el sofá de la sala, empezaba hablar con sus brazos extendidos hacía arriba, bien peinado, con la corbata roja de mi papá, que usaba para disfrazarse de político.

En sus discursos caseros nos hablaba de la igualdad entre blancos y negros, entre pobres y ricos, la contaminación ambiental, la desnutrición, siempre agregando que al pueblo le interesaba más la farándula, puras banalidades. Cómo sufría Manolo con el mundo, se lo tomaba tan a pecho que muchas veces lo encontré llorando en su cuarto, y me decía:

—Quiero cambiar a todos, hacer un nuevo país, ¡redefinirlo!

En una etapa de su vida, salía a la calle con una caja de madera y se subía encima y empezaba a hablar en voz alta a todos los que pasaban por la calle 21 de la Avenida Central.

Al inicio lograba que unos cuantos se detuvieran a escucharlo. Hablaba de la inmoralidad del ser humano, de las leyes y normas, de los perros callejeros, de las ONGs falsas que robaban.

Su obsesión lo llevó a leer tantos periódicos que terminaron siendo parte de su vestuario.

Apenas comía ni dormía. Nuestra madre empezó a preocuparse, sobre todo cuando hacía su discurso solo y encerrado en su cuarto.

Se fue quedando solo, para mí era un tormento realmente fastidioso y debo confesar que yo le huía.

Pero Manolo insistía en sus discursos. Llegó a pararse frente al parlamento con un letrero de cartón que decía:

"Cada vez que gobiernan a espaldas de la opinión pública, les va mal".

Más de un diputado lo ignoraba porque en el fondo sabían que tenía razón.

Otros llegaban a insultarlo. No podían con esa realidad.

Casi se fue a golpes con un parlamentario, pero la policía que siempre lo vigilaba, logró sujetarlo antes de que alcanzara al individuo.

Una señora elegante con sus canas a cuestas lo miró un día con compasión y él se dio cuenta y no paró de hablarle de los problemas del país, del mundo, ¡de la vida! Tanto habló que ella no pudo aguantar más y salió huyendo para no enfrentar la verdad de su discurso.

Muchos no pueden ver la realidad de frente porque es estremecedora. En el caso de Manolo ese impacto lo hizo cruzar la línea, la línea entre la vida y el abismo.

Todos le dimos la espalda. Fue una manera de huir del problema que se avecinaba. Otra forma de evadir la realidad que nos espantaba.

A nuestra madre, que siempre lo seguía a escondidas, su intuición le decía que algo no estaba bien en Manolo, hasta que un día vio como predicaba a unos árboles del parque de la calle 51, con su letrero de cartón que decía: "Cada vez que gobiernan a espaldas de la opinión pública, les va mal".

En ese momento nos convocó a todos para informar que la cabeza de Manolo no estaba en su lugar. Nunca podré olvidar la mirada llena de lágrimas, podía ver cómo se le rompía el pecho del dolor.

Hablamos con doctores, psiquiatras, amigos y una doctora, que nos pareció la más acertada, dijo que debíamos internarlo de inmediato.

Recorrimos muchos lugares, hasta llegar a una casa amarilla que estaba ubicada en la calle 35 de El Rosal. Era un lugar limpio y agradable, con paredes blancas en la parte interna. Recibían pocos pacientes, algunos hablaban con personas imaginarias, otros tenían una mirada de sueños eternos.

No fue fácil convencerlo, tuvimos que engañarlo, diciendo que lo esperaban en el parlamento para que manifestara su preocupación por el país.

Lo bañamos, le colocamos la corbata roja de mi papá que usaba para disfrazarse de político y lo montamos en el carro.

Cuando llegamos al lugar se dio cuenta y gritaba que lo habíamos engañado, que nos iba a denunciar. Qué situación tan fuerte, mi madre estaba destruida. No lo pudimos ver hasta veinte días después.

En la clínica Manolo logró tener un amigo, el joven Cacique que defendía la cultura y el territorio Ngäbe Buglé. Estaba allí por llegar casi desnudo a la asamblea lanzando flechas a los diputados sin atinar a ninguno.

Cuando lo vimos por primera vez después de veinte días, Manolo se encontraba frente a la T.V., convocando a un gran diálogo nacional para redefinir al país.

Denominación de origen

Marialcira Vidal Vecchini

Ese día mientras lavaba los platos ya sabía que todo había terminado. Lo supe días antes, muchos más de los que me atrevo a confesar, pero lavando platos pude conectar con una hora y una fecha de cierre. Y el placer del método.

Remontamos... desde que le conocí supe que estaba enamorada, que era para mí y que ahí iba a estar hasta matar a esa yo que ni yo soportaba, por él.

Todo él tenía denominación de origen en lo que a mi cuerpo se refiere, y su denominación de origen me pertenecía

Cuidarlo, complacerlo, llenarme de él.

Sus besos y su manera de hacerme el amor, de sexualizarme en cada superficie de la casa, de saber ponerme húmeda con solo su mirada y gestos. Todo él tenía denominación de origen en lo que a mi cuerpo se refiere, y su denominación de origen me pertenecía. Cerraba los ojos y podría reconocer sus ganas a metros.

Su manera de iniciar nuestros besos era peculiar; una mirada, un recorrido de abajo hacia arriba con las manos, con la boca cerca pero aún no posada, hasta que sus manos llegaban a mi cuello y nos acercaban al amor, al deseo, a la locura.

Así pasamos años. Ese beso, esa firma personal de nosotros, seguía encendiéndonos. Haciéndome saber que éramos el uno para el otro a pesar de mi feminismo, y a pesar de su machismo.

Un día todo cambió. Lo supe compartido, lo entendí con certeza, su denominación de origen era suya, no mía. Yo era una más que tomaba champán, y él, mi Francia, servía copas a quien quisiera pagar.

Ella describía, en aquella barra y con un trago con sombrilla, cómo se sentía un territorio recién descubierto por aquellas manos, besos y suspiros de quien siente que ha despertado el lado suave de una bestia. Me vi en el espejo, pero yo con un ron en las rocas.

Avisé un cambio de planes. No quise confrontar la coincidencia. Él no llegó a ella esa noche. Era mi aniversario. Dos tragos, comida y postre en la cama, una rutina que aquella noche se encendió con la rabia de la despedida. Agotado me dijo que jamás habíamos cogido tan bien.

Alucinamos y repetimos, de todas las maneras, con todo lo que se quiso, a toda máquina, sudor, pasión, fantasías pendientes por cumplir, recorridos naturales y nuevos de ser posible. Fuimos un todo de cuerpos e imaginación. Luego, con poca fuerza me levanté, y mientras lavaba los platos decidí el fin. Llegué nuevamente a él. No sé cómo su dureza volvió a crecer. Cabalgando en medio de uno de los orgasmos más grandes y viriles que tuvo en ese tiempo, mientras emitía un gemido salvaje... la garganta le corté y nos fuimos... yo llena de él y él totalmente servido de mí.

Solita

Rebeca Vidal Vecchini

Solita era su apodo. Muchos pensaban que se llamaba Soledad, pero en realidad se llamaba Sol y se había inventado un ritual de baño de luna para ella solita. Solita vivía sola, en una pequeña y avejentada casucha que heredó de sus padres, a unos doscientos metros del río Pereque. Tenía un pequeño jardín trasero repleto de cayenas de diferentes colores, donde pasaba horas, podando, quitando maleza, mirando las filas de hormigas, contemplando pajaritos y descubriendo figuras en las nubes. Su planta favorita era una que solía florecer con enormes cayenas amarillas y que hacía años no lo hacía, pero había comenzado a asomar un botón por esos días, despertando una alegre ansiedad en la aburrida monotonía en la que Solita vivía.

Su planta favorita era una que solía florecer con enormes cayenas amarillas

Ilusionada esperaba que cayera la noche, pues tocaba ritual de luna llena, y con suerte al regresar podría ver la cayena amarilla completamente abierta. El caserío era tranquilo y, extrañamente, en él no era común el chismorreo, o Solita era tan distraída que quizá no lo notaba. Se sentía tranquila y cómoda deambulando durante las noches de luna llena, caminando hasta el río, y ese día en particular, tarareaba una cancioncilla y sus pasos le hacían coreografía mientras recorría el empedrado hasta la orilla del río, ilusionada.

Con la luz de la luna sobre la cabeza, miraba su sombra bailando sobre las piedras. Cuando llegó al río aún seguía tarareando y su sombra se mojó primero en la orilla. Se apresuró a desvestirse, lanzó la ropa en una piedra y se metió al agua a toda prisa, en un intento por sobrellevar lo más rápido posible el contraste de temperatura. El ritual no era muy complicado. Consistía en flotar desnuda en el río, bajo la luz de la luna llena, dejar que el movimiento del agua le llevara un rato de paseo, y volver caminando contra la leve corriente, contemplando los garabatos plateados que trazaba la luna sobre el agua. Solita se sentía feliz con aquel ritual. Era su secreto y le hacía sentirse dueña de la noche, llena de los sonidos del agua y de la selva que rodeaba el río, de las luces y sombras que se dibujaban por doquier con la luz de la luna.

Hasta ese día, la velocidad del río no le había alejado tanto mientras flotaba. El regreso le tomó un poco más de lo usual, y también notó más ramas y piedras en movimiento. Cuando se acercaba al punto donde ingresó al río, sus pasos hacían ya un esfuerzo considerable para sacarla del agua. La luna seguía brillando, pero las nubes plateadas se acercaban a toda prisa con la clara intención de arroparla. En unos pocos instantes el agua le tapó completamente, luchó con todas sus fuerzas para salir a la orilla, escuchó gritos de niños a unos metros de distancia, mezclados con el ruido de una repentina y estrepitosa lluvia. Logró aferrarse a unas ramas, a ciegas y salir ya con la luna completamente tapada. Su ropa había sido arrastrada por el río crecido y en la oscuridad alcanzó a escuchar de nuevo los gritos de niños, a una mayor distancia, hasta que la lluvia en su encuentro con el río hizo escándalo suficiente para tapar cualquier otro sonido. Tropezó varias veces en su carrera de regreso a casa, entre sollozos de cansancio y miedo. Una de esas veces, sus pies se enredaron con un montón de ropa y algunos objetos, como una pala y unos binoculares, que adivinó serían de los niños. El aguacero convirtió el camino empedrado en riachuelo y sus pasos torpes la llevaron en total confusión hasta su jardín. Cuando llegó, la nube que tapaba la luna languideció brevemente para dejarle ver en el suelo tres cayenas arrancadas por la feroz lluvia. Tres grandes cayenas amarillas con el centro de un tono rojo líquido y espeso. La planta floreció hasta ese día.

La sombra

Ingrid De Armas Serra

Tomaron las mochilas, la carpa, las llaves del carro y se montaron en el Chevrolet, dispuestos a adentrarse a la aventura. Salieron de noche por las calles vacías, esperando que no los deslumbraran las luces de los carros que venían de frente.

Carlos conducía, mientras María buscaba música en la radio. Tomaron la vía 905 hacia el interior del país y se fueron alejando de la ciudad. Cada vez se hacía más estrecha la carretera.

> La sombra la atrapó, sintió sus brazos sobre su cuerpo, y por más que luchaba no lograba zafarse de ella

Más adelante encontraron a la derecha una vía de tierra. Carlos redujo la marcha, se miraron y para allí se dirigieron.

Era un bosque y a medida que iban entrando se ponía más oscura la vía, pero ellos buscando la emoción apagaron las luces del carro para guiarse por la tenue luz de las estrellas y la luna.

Olía a humedad, a hierba, a pino y solo se escuchaba el sonido del motor del carro y el viento que entraba por las ventanas.

A lo lejos lograron ver la silueta de una cabaña y dirigieron el carro hacía allá, cuando estaban muy cerca sonó un ruido muy fuerte en el carro, que los hizo desviarse un poco del camino al perder el control. Se pararon y Carlos se bajó a ver qué pasaba. Era una llanta totalmente destrozada.

Carlos le comentó a María:

— ¿Cómo se pudo romper así la llanta?

María respondió:

— Debe haber sido una roca en el camino que tropezamos y explotó.

Carlos abrió la maleta del carro para sacar el repuesto y empezó a cambiarla, mientras, María empezó a caminar por el bosque hacia la silueta de la cabaña. Se escuchó un sonido de hojas secas pisadas por alguien. Volteó rápidamente y logró ver una sombra que se escondía entre los arbustos del bosque, María gritó:

— Hola, ¿quién está por aquí?, ¿Carlos, eres tú? — pero nadie le contestó. Solo escuchó el sonido del viento, las hojas y el eco de su grito.

Corrió entre los pinos y luego se detuvo porque

volvió a ver a la sombra moverse. La sintió muy cerca, no sabía qué hacer, estaba perdida, se sentó al borde de un árbol a llorar y se quedó dormida sintiendo el frío de la noche.

La sombra la atrapó, sintió sus brazos sobre su cuerpo, y por más que luchaba no lograba zafarse de ella. Sentía las gotas de sudor que caían como cascadas sobre su cara, peleaba a ciegas porque no podía abrir los ojos, sus párpados estaban sellados con goma y por más que los trataba de abrir, no lo lograba. Tomó una roca que sintió a la derecha de su brazo y logró pegarle a la sombra. María, en su pelea, movía la cabeza tan fuerte que se hirió con el tronco del árbol, causando un dolor tan intenso que la despertó.

La sangre corría por su cara como un pequeño río en pausa, su corazón galopaba como una yegua desbocada y era lo único que escuchaba.

Sentía el viento que la penetraba y con dificultad se levantó y llegó al carro enseguida y allí estaba Carlos sobre la carretera de tierra, sin vida en un pozo de sangre.

Y María de pie frente a él, con su ropa salpicada de gotas rojas y la roca en su mano derecha.

El segundo cruce

Marialcira Vidal Vecchini

Hoy es el día de mi ceremonia de cierre, finalmente sabré cual es mi destino. Estando viva fui chévere, pero de fantasma he sido un poco tremenda y no sé cómo funciona el tema de los puntos que se requieren para saber cuál es mi destino final. Lo bueno de ser espectro es que no se siente ansiedad por nada.

No me equivoqué al matarme a los dieciséis años, pero no sabía que igual me tocaba esperar para ir a mi destino final el tiempo que originalmente estaba planeado, hasta lo que sería mi aniversario ochenta y seis.

Una de las grandes ventajas es la verdad. No hay manera de mentir ni de ser engañado, los fantasmas no mienten

Ustedes pensarán que me estoy quejando por nada y que en este estatus de fantasma he podido recorrer el mundo entero, pero no, las autoridades migratorias son gente del infierno y bueh... igual que los vivos, ponen límites y burocracia a todo.

De esta existencia puedo decir que es divertido entrar a conciertos y espectáculos sin ser visto. Si no te gusta, te vas, y nadie se ofende. Los que sí te gustan, los puedes ver muchas veces seguidas y hasta saber quién tiene poderes para verte. Normalmente es un gato o un niño insoportable.

Cosa fastidiosa de la existencia fantasmagórica es que, cuando recién llegas, te cuesta entender eso de atravesar paredes y volar. La técnica es difícil y a veces terminas en lugares donde miras gente haciendo cosas que ni sabías que existían.

Una de las grandes ventajas es la verdad. No hay manera de mentir ni de ser engañado, los fantasmas no mienten. También es bueno poder visitar a los nuevos miembros de tu familia. Como tía he sido buena fantasma. Ya el sobrino mayor dejó de verme, pero nos gozamos su infancia.

Llevo esperando mi ceremonia de cruce por setenta años y ahora va a ser más breve de lo habitual por la pandemia. Mucha gente haciendo su cruce definitivo porque ya era su momento, mucha burocracia, mucho trabajo. Los de siempre salimos fregados.

Es aburrido ser fantasma. Normalmente no hay mayor cosa que hacer. De vez en cuando nos convocan para ir a una fiesta, una ouija, una nueva leyenda urbana o ir a recibir a los nuevos para explicarles que se tienen que quedar hasta su verdadera fecha.

Una vez me enamoré, pero resultó que era vampiro y no fantasma, la incompatibilidad, más eso de no tener sangre que ofrecerle, hizo de la relación un imposible, con todo y que se está muerto igual las relaciones sólo funcionan entre iguales.

Llega la hora, los dejo. No puedo decir que luego les cuento, porque en cuanto pase la ceremonia, cruzaré y no podré poseer a más nadie para que les escriba el resto. Recen por mí para que haya conseguido suficientes puntos y no me toque el infierno.

El asesino

Ingrid De Armas Serra

Él parecía un hombre común y corriente, con su vejez a cuestas. Al verlo nadie podía imaginar que hacía muchos años, mató a una mujer.

Sí, ese señor con cara de yo no fui, solo por placer, agarró un cuchillo y muy lentamente la fue abriendo poco a poco. Disfrutaba viendo cómo corría la sangre, roja, muy roja, haciendo su camino en el piso. Luego el camino se convirtió en un río de sangre cruzando el callejón, hasta entrar por la puerta de la casa de la vecina ciega.

La ciega pisaba la sangre, iba marcando el camino por la casa, se le cayó la toalla de su cocina en el piso y se llenó de sangre, se agachó y la colocó en su lugar. Cortó con el cuchillo las verduras y se fue a dormir.

Llegó la policía, observaron muy detalladamente a
la mujer ya muerta, fueron persiguiendo el camino
de la sangre, hasta llegar a la asesina.
Ya van 20 años que la ciega duerme en la celda 13.
Y él, el hombre común y corriente, la visita.

Cabina de avión en tres tiempos

Rebeca Vidal Vecchini

Hay dos tipos de personas: las que prefieren ventana y las que prefieren pasillo. A nadie le gusta el asiento del medio, y menos si toca viajar entre desconocidos. En mi caso, soy del primer grupo: los que valoramos la vista por encima de la facilidad para ir al baño durante el vuelo, o para salir más rápido del avión, argumentos que suelen estar presentes en el segundo grupo.

También hay dos tipos de personas: las que han llorado alguna vez por culpa de una mujer llamada Carlota, y las

que no. Y resulta que, sin saberlo, nos sentamos juntos tres desconocidos del primer grupo. No soy de hablar en los vuelos. En realidad, me desagrada. Prefiero dedicar ese tiempo a leer o dormir. Pero cuando miré el libro que abrió la persona que se sentó a mi lado, en el asiento del medio (el peor), la alegría de tener el puesto de la ventana se desvaneció con una breve punzada de un recuerdo que pensé que estaba ya superado. No pude evitar comentarle con un tono apagado: "Es un buen libro", con lo que se inició un breve diálogo:

— Voy por la mitad, pero me tiene enganchada.

— Es uno de mis favoritos. Lo leí cuando era muy joven.

—Me lo regaló mi ex. Terminamos hace poco. La relación duró menos de lo que me ha tomado leer el libro — dijo, con un tono de decepción.

— ¿Te tiene enganchada? — pregunté, a riesgo de sonar antipático.

La joven sonrió, con gesto de aceptación a mi osada broma, mezclado con un toque de dolor en la manera como arqueó las cejas, con lo cual me convencí de su agudeza y gusto por el humor negro, algo que había quedado bastante claro al comentarme que ese libro, en particular, la tenía enganchada.

Su teléfono vibró, y en la maniobra para atender la llamada casi deja caer el libro. Lo atrapó con una palmada brusca de su mano izquierda, apretándolo contra sus rodillas. El libro quedó fuertemente oprimido, con la portada un poco maltrecha y abierto en la primera página, en la cual pude divisar partes de una dedicatoria escrita a mano, culminada con una firma en letras redondas y grandes que quedaron encuadradas perfectamente entre su índice y su pulgar: Carlota.

Una segunda punzada me sorprendió y me llevó a mantener la boca cerrada durante el resto viaje. Comencé a reclamarme a mí mismo por sentir esas punzadas en el estómago después de tanto tiempo. Por el pasillo se aproximó lo que parecía ser un joven ejecutivo con un gesto que no me permitía descifrar si era del tipo que prefería ventana, con lo cual estaría decepcionado de haber registrado su vuelo después de mí, o si era de los asiduos al pasillo. Colocó un maletín en la parte de arriba con un cuidado extremo, haciendo un esfuerzo por mantenerlo en posición vertical, y estaba por sentarse cuando dudó un momento y se retiró, erguido, mientras preguntaba amablemente a la joven si quería sentarse en el puesto del pasillo. Ella sonrió de nuevo con ese gesto de dolor subyacente y aceptó la propuesta, así que comenzó una de esas danzas incómodas y retorcidas que suelen suscitarse en los aviones cuando el pasajero de la ventana llega de último a la fila, o bien cuando dos pasajeros deciden intercambiar puestos, como era el caso.

Comencé entonces a trazar hipótesis en mi cabeza. Si el joven ejecutivo quería coquetear con la chica, o solo era amable; si la chica era bisexual o solo le gustaban otras chicas, en fin. Mientras tanto, la caligrafía redondeada de la firma de su Carlota se me quedó instalada en la mente con una terquedad remarcable.

El vuelo transcurrió en un silencio suficiente para hacerme recuperar la tranquilidad y logré dormitar un buen rato. Luego del aterrizaje, los impacientes asiduos al pasillo comenzaron a ubicarse sobre el mismo. La ex de Carlota, el joven ejecutivo y yo, permanecíamos sentados. Un instante después, él comenzó a mostrar signos de impaciencia con el movimiento rítmico típico de las piernas que quieren avanzar o salir corriendo. Transcurrieron unos pocos minutos que aparentemente se le hicieron eternos, le pidió a la chica que le cambiara el puesto, explicándole que necesitaba retirar el maletín del compartimiento superior. Comenzó entonces una nueva danza que fue más complicada que la anterior. Él se mostró aliviado al rescatar el maletín, el cual mantuvo en perfecta posición vertical durante toda la maniobra. Luego comenzamos a salir del avión en la secuencia aleatoria que coloca a unos por delante y otros por detrás, en esa fila que busca la libertad hacia el lugar de destino. La secuencia aleatoria permitió a la ex de Carlota avanzar más rápido, mientras el joven ejecutivo se movía con el mayor cuidado para mantener su maletín en la posición correcta. Mis viejos pasos me mantuvieron detrás de él durante buena parte del recorrido. Luego lo perdí de vista.

Una vez que pasé migración, volví a divisarlo en un pasillo del aeropuerto, abrazado a unos niños y unas personas mayores vestidas de negro. Él sacó del maletín algo que identifiqué como una urna de cenizas, mientras la señora mayor, como de mi edad, lloraba y, justo cuando pasé junto al grupo en duelo, dijo entre lágrimas: "Mi Carlota, mi Carlota".

Volver a escuchar ese nombre me produjo la tercera punzada del día, más fuerte aún que las anteriores. ¿Qué posibilidades hay de que tres personas que hayan llorado por una Carlota se sienten juntas en un avión?

Ellos jamás se enterarán de esta coincidencia, y nadie sabrá nunca que mi Carlota murió tras el cuchillo que le clavé antes de arrojarla al lago, en aquel paseo del que nadie supo, al cual fui acompañado y del cual regresé solo, luego de haberme enterado de su relación amorosa con aquel otro joven escritor. Nunca le reclamé. Solo lloré toda la noche, y en la mañana la invité a un paseo improvisado. Llenamos un canasto de frutas, una botella de vino, un par de libros de humor negro, nuestro género favorito, un cuchillo y un mantel para merendar junto al lago. Ella nunca supo que yo me enteré de su aventura. Solo la acuchillé por la espalda sin despertar en ella ninguna sospecha, ningún miedo. La sangre salpicó uno de los libros, así que lo arrojé al agua. Desaparecieron ella y su libro para siempre, y todavía hoy, 42 años después, algunos familiares mantienen la esperanza de encontrarla.

El señor del hipo

Ingrid De Armas Serra

Empezó a tener hipo sin parar, hablaba y de una vez el hip hip hip venía sin razón.

Este hombre ya no sabía qué hacer para quitarse el hipo. Se paró de manos por recomendación de la Sra. Juana, estando de manos le vino el hip hip hip y perdió el equilibrio, cayó de platanazo y lo único que logró fue un chichón en la cabeza, y el hip hip hip continuaba.

La vecina le dijo:

— Toma agua al revés, con la cabeza hacia abajo.

El hombre empezó a correr por toda la casa, y la mujer detrás de él, sin saber qué pasaba

Agarró una jarra de agua desesperado y cuando estaba tomando el primer trago vino el hip hip hip, y casi se ahogó. Se puso azul el hombre.

Fue a la casa de su gurú, para buscar una solución a su hip hip hip, el gurú lo examinó y le dijo:

— El hipo te lo produce tu mujer.

—¿Sí, sí? hip hip hip ...no creo, hip hip hip—
le respondió él.

— Te voy a dar una poción, y verás cómo se te quita
el hipo — le dijo el gurú.

El hombre se tomó la poción y ¡zuás!, el hip hip hip
desapareció.

Estaba tan contento, que al llegar a su casa abrazó a
su mujer y le dijo al oído:

El gurú hip hip hip, me dio hip hip hip, una poción
hip hip hip.

¡El hipo volvió más fuerte! El hombre en ese momento
se acordó de lo que le había dicho el gurú, que el hipo
se lo producía su mujer.

El hombre empezó a correr por toda la casa, y la
mujer detrás de él, sin saber qué pasaba. El hip hip
hip era lo que repetía una y otra vez.

La mujer no paraba de correr detrás de él, él la miraba y el hip hip hip volvía. Seguía corriendo, huyendo
de ella.

Salió a la calle hip hip hip, desesperado. La mujer
aún lo seguía, casi desnuda.

Corrió cuatro calles sin parar y entró al zoológico.
Allí logró esconderse hip hip hip, dentro de la jaula
de los gorilas.

El gorila mayor se le quedó viendo y el hombre solo logró decir hip hip hip.

El gorila le respondió hip hip hip, y lo abrazó tan fuerte que casi no lo dejaba respirar. Solo se escuchaba el hip hip hip del hombre, ese hip hip hip que la mujer pudo escuchar para ubicarlo en la jaula, encontrarlo abrazado con el gorila gritarle:

— ¡Me dejas por un gorila!, ¡traidor!

Él, desesperado, trató de contestar, pero solo salía el hip hip hip de su boca, cosa que al gorila lo excitaba más, y menos lo soltaba.

Ya han pasado dos noches y el hombre del hip hip hip no ha podido liberarse del amor del gorila dentro de la jaula.

Mi vida como loca

Marialcira Vidal Vecchini

Cuando termine de enloquecer y sea una homeless, viviré a las orillas de un río para poder bañarme y fluir con él. El playlist que me acompañe me hará bailar sin medida hasta caer del cansancio, finalmente seré libre de mi mente y presa de mi locura.

Cantaré y me meteré en problemas por ello; bailaré con el alma como siempre; más de un transeúnte o chófer, o hasta quizás un pasajero interesante,

Más de una vez correré desnuda, me levantaré buscando al que no está al lado y llamaré al amor verdadero por su nombre

me tomará vídeos. Ahí tendré mil nombres otra vez. Alguno dirá, "oye, se me parece a alguien", otros sabrán que esa bailarina, loca, de la calle, pero limpia, soy yo. Unos tratarán de encontrarme, otros me negarán tres veces como es debido.

Algunos se alegrarán, otros me regalarán unas monedas. Seguramente las usaré para pasta dental (recordaré que me gusta el sabor a menta, siempre). Mi estado mental me permitirá gritar a los fantasmas y callar a los tormentos.

Como voy a estar en cualquier parte dentro de mis recuerdos, procuraré repetir varias veces mis paseos romanos a la orilla del Tíber, la caminata en el techo del nido en Beijing, haré picnic existencial en el jardín del Centro de Kabbalah de NYC, y un flamenco de Bonaire me leerá cuentos.

Lo más probable es que ahorre, para que cuando llegue el día en que también me harte de la existencia demente, me compre unos camarones y langostinos y me muera de una alergia súbita, si es que algún homicida de cuello blanco no me elimina antes.

No seré una alcohólica, el ron que me gusta es caro y no podría, entonces, comprar la pasta de dientes. Más de una vez correré desnuda, me levantaré buscando al que no está al lado y llamaré al amor verdadero por su nombre.

Lloraré por los amores imposibles, agarraré a una pared de piñata y sonreiré, sin dientes, al ver un New Beetle amarillo, diré "Rigoberto" en un suspiro y seguiré mi camino.

Trataré de nadar persiguiendo al sol en el cauce del río. Sacaré un par de fotos familiares arrugadas de mi bolsillo, repetiré sus nombres y tendré un breve momento de lucidez para mandarles bendiciones en donde quiera que estén.

Más de una vez seguro recordaré la violencia del pasado y la recrearé con árboles amenazantes que, seguramente, me quieran arrebatar la bolsita amarilla con los souvenirs de la existencia lógica y cuerda. Estaré loca y, como todos, dejaré de estarlo, y de ser, algún día.

Ayahuasca

Rebeca Vidal Vecchini

Hace unos diez minutos tomé la pequeña dosis de ayahuasca que me trajo el chamán. Hasta el momento no he percibido efecto alguno. Estoy acostada en una cordillera andina, a unos 3.500 metros de altura, mirando las estrellas de una noche finalmente despejada, luego de varias dominadas por la niebla, y mis pensamientos me han llevado a recorrer brevemente los pasos que me trajeron hasta este tapete tejido con hilos de alpaca teñidos de vivos colores.

No estaba en mis planes realmente, pero vine a parar acá, en medio del Camino del Inca, que *Los ingredientes que son el todo del universo, y me poseen, van drenando, y solo algunos continúan canalizándose a través de mí* sí estaba en mis planes. Una de esas tardes en que entrelazábamos frases en más de cinco idiomas en este pequeño grupo de desconocidos con el que he convivido en los últimos días, uno de los mochileros provenientes de Europa mencionó que el propósito principal de su viaje era probar ayahuasca. Contó anécdotas de amigos que ya lo habían hecho y a quienes esa experiencia parecía haberles cambiado la vida para bien, sanándoles de alguna mágica manera. Yo también conocía personas que la habían tomado y había visto uno que otro documental, así que hice pequeños aportes a la conversación, aunque con un tono más escéptico y científico. Sabía que el ritual era propio de la selva amazónica, y no exactamente de la sierra andina, pero el auge de la demanda en los últimos años ha incrementado la oferta de ayahuasca en esta zona de gran afluencia turística. El interés del grupo fue creciendo y nuestro guía del Camino nos comentó que, si estábamos interesados, nos podía recomendar uno de los pequeños campamentos cercanos donde se ofrecía el ritual, por ser dirigido por un auténtico chamán de la Amazonía.

Sin mucha premeditación, terminamos armando un grupo de siete personas para participar en el ritual al día siguiente, que es hoy. Antes de comenzar, el chamán nos dio una pequeña charla durante la cual repasó su versión del origen medicinal y sagrado de la práctica. Pude notar que su relato no coincidía del todo con otras hipótesis que yo conocía previamente.

También nos anticipó algunos efectos que se podrían esperar, advirtiendo que cada experiencia es diferente.

Mientras nos hablaba unos instantes atrás, y hasta ahora, un grupo toca diferentes instrumentos de viento, construyendo una melodía que parece improvisada, pero resulta armoniosa. Una pequeña fogata arde en el centro del círculo que hemos conformado. Me concentro por unos instantes en la música y siento que comienza a fusionarse con mis canales auditivos y a esparcirse por la cabeza, garganta, y casi llega al pecho. De pronto pienso que ya debe estar haciendo efecto la ayahuasca y logro reprimir un poco la sensación, con un pequeño susto que me hace intentar aferrarme a la realidad. Abro los ojos. No sé cuándo los cerré. Veo a las estrellas. Parecen normales.

Con el sobresalto me dieron ganas de vomitar. Una de las ayudantes del chamán parece leerme la mente y me acerca un cubo en el cual escupo solo un poco, pero siento un alivio sobrecogedor y ensordecedor. Escupo el miedo, el intento de represión, los tabúes, las culpas, y todas las inhibiciones de una vez. Una sensación de sosiego me invade junto con la música, que ahora sí puede entrar cómodamente por mis oídos e ir impregnando cada célula de mí, una a una. La música es fluida, tierna y colorida como la manta de alpaca en la que reposo, y un poco fría. Digo en voz alta "tengo frío", y la ayudante del chamán me arropa con unas mantas. Poco a poco nuevos ingredientes comienzan a hacerse presentes en el fluido musical: figuras geométricas que parecen hechas de neón, que traen consigo agua clara, telepatía, presente, pasado y futuro, entendimiento, universalidad. Sí, todos los ingredientes del universo se fusionan y hacen cauce dentro de mí. Fluyen a través de mí, porque soy parte de un todo absolutamente coherente y transparente. Soy una con la Pachamama y es muy claro. No hay ninguna duda, es evidente, todos lo somos.

El flujo que me traspasa es cosmos, naturaleza y comienza a adquirir una forma particular. Es algo que siempre fui, pero no me había dado cuenta. Parece que viví mucho tiempo desprendida del todo del universo, y ahora por fin entro en la conciencia absoluta, pero empieza a causarme dolor. Recorro momentos de mi vida inconsciente, la importancia que le di a cosas absolutamente intrascendentes, las discusiones y peleas con familiares, los amores no correspondidos. Nada de eso tiene valor real. La vida es en sí el valor. La unidad.

Los ingredientes que son el todo del universo, y me poseen, van drenando, y solo algunos continúan canalizándose a través de mí. Los traumas y dramas de mi vida se van en el proceso, me liberan. No tengo muy claro lo que va quedando, pero parece cada vez más algo vegetal. Huele a hierba fresca con madera. Sí, definitivamente es vegetal. Mi cuerpo va absorbiendo los átomos de savia, clorofila, el verdor en todas sus tonalidades. El verdor se va posicionando en mi cuello y mi cabeza. Mientras tanto ruedan como piedritas diminutas los átomos de madera húmeda que se van fusionando con mis piernas y mis brazos.

Las manos me pesan y caen a mis lados como atraídas de manera magnética por el suelo. Pies y manos se aferran a la tierra, las partículas de madera sustituyen mi piel y se abren paso entre mis uñas causándome un dolor cada vez más intenso. Sí, astillas de madera salen de mí y se extienden más allá de mis dedos. Es un poco confuso, aunque lo siento natural. Mis extremidades se convierten en raíces y se entierran hábilmente en la tierra, traspasando el tapete de colores.

Me siento alterada por las sensaciones físicas de convertirme en árbol. Intento moverme, pero estoy completamente sembrada como si hubiese germinado de una pequeña semilla hace muchos años. Quizá fue así. La suave brisa mueve mis hojas, que están donde antes creo que estaba mi cabello. Ya no puedo escuchar la música, pero la adivino en las vibraciones que llegan a mí por el aire. También me parece sentir vibraciones como palabras. Gente que habla a mi alrededor, pero no entiendo lo que dicen. Solo siento la calidez cerca y algunos me abrazan. Recuerdo que el chamán nos indicó que abrazar a un árbol es la parte final del ritual. Ellos me escogieron. Me abrazaron y ahora se van, y yo me quedo aquí en mi nueva existencia terrenal vegetal, para ser abrazada en los otros rituales que vendrán.

Mario

Ingrid De Armas Serra

Era una calle oscura con casas sombrías, con un ruido casi en silencio que espantaba a cualquier persona del lugar.

En la casa de la esquina se encontraba Mario, una persona que conocí hace aproximadamente cinco años. Nos conocimos en un bar, él estaba con su esposa Gisela y yo con Claudia.

Mario era la alegría del lugar, bailaba sin parar,

jugaba con todos y desplegaba su amor a Gisela sin ningún tipo de fronteras. Ella era hermosa, hacían una pareja modelo de portada de revistas. Mario era un tipo alto, elegante, con unos dientes perfectos, con músculos marcados y un cabello peinado hacia atrás, reluciente.

Al año, Gisela enfermó. Mario fue vendiendo todo poco a poco para cubrir los gastos de hospitales, remedios, doctores y enfermeras.

Hipotecó la casa, una casa de dos plantas con tres cuartos en la parte de arriba, comprada así por los niños que pensaban tener. Un jardín lleno de flores, que Gisela cuidaba y mantenía con mucho amor antes de enfermar.

Gisela fue adelgazando, su cabello cayendo y sus ojos resaltaban debido a su flacura. Fue perdiendo movimientos y poco a poco su voz, hasta que un día ya no despertó.

Mario estaba allí, abrazándola, cuando murió.

A los tres días le entregaron las cenizas, a los diez días perdió la casa, a los veinte días se entregó al alcohol, a los treinta a las drogas.

Mario ya no era el tipo alegre, sino un cuerpo raquítico que se movía por inercia. El cabello perfectamente peinado hacia atrás, ahora era cuatro pelos sucios pegados al cuero cabelludo.

Vivía allí, en la casa de la esquina de la calle oscura, una casa llena de indigentes, donde había colchonetas en los pasillos, baños rotos y telarañas en las esquinas, dos o tres cuadros torcidos en las paredes manchadas, una cortina rota en la ventana de la sala, el piso sucio, un olor indescriptible, como una especie de orín con hierva.

Estaban Mily, Carlos, Sonia y Ricky tirados en las colchonetas, parecían zombis de una película de ficción. Carlos y Mily con sus espaldas recostadas a la pared, como si la pared los abrazara con la suciedad.

Ricky y Sonia acostados en una colchoneta, mirando al techo con los brazos levantados, unos brazos llenos de huecos que parecían surcos de pequeñas hormigas.

Mario estaba allí, mirando por la ventana.

Me pregunto:

¿Vivirá en la tierra? ¿en el limbo? ¿a dónde estarán volando sus pensamientos?, ¿a dónde te fuiste, Mario? Te quebraste Mario, en mil pedazos, con la muerte de Gisela.

¿Cómo puedo hacer para armar cada pedazo de tu alma rota?

Mírame, mírate, míralos. Estás aquí en la vida, respiras, dueles, caminas.

Pero tus sueños se fueron para convertirse en pesadillas, solo logras huir de allí con tu dosis de droga.

Te traje comida, te traje esperanza, te traje mi mano amiga. Acéptala, apóyate, déjame guiarte, dime que sí, te agarro la mano para que me llene de esperanza.

Pero eso solo sucede en mis pensamientos, no hay respuestas. Solo una mirada donde logro ver tu alma rota, sin manera de unir cada una de sus partes.

Me despido sin recibir respuesta, con un dolor de desesperanza.

Camino muy despacio hacia mi carro, sin voltear hacia la casa de la esquina oscura.

Abro la puerta, me siento, enciendo el motor y me voy con la sensación de no volverte a ver.

Me acuesto muy tarde, estoy en vela, hasta que mis párpados se cierran y me duermo.

Escucho un ring dentro de mi sueño, dos ring, tres ring, y me despierto.

Tomo la llamada, escucho, y me dan la noticia que sabía que en cualquier momento iba a llegar.

Mario ha muerto.